鲁蒂想赖床

〔以色列〕大卫·格罗斯曼 著

陆辛耕 译

人民文学出版社

PEOPLE'S LITERATURE PUBLISHING HOUSE

目录

鲁蒂想赖床

这天早上，鲁蒂又和往常一样，慵懒地躺在被窝里，不愿意起床。"我不想去幼儿园嘛！"她边哭边闹，"我想再多睡一会儿，就今天好不好……"

爸爸在她床边沉默了一会儿，然后说道："那好吧，鲁蒂，你就继续睡吧，可以一直睡到晚上。"

看见爸爸这么好说话，鲁蒂觉得惊讶极了。于是她睁开一只眼睛，继续追问道："那可以睡到明天吗？"

"可以一直睡到你放暑假，"爸爸一边回答，一边挠了挠头发，"甚至可以睡到你十岁又三个月。"

鲁蒂不禁在被窝里偷笑了起来："那在我不停睡觉的时候，其他孩子还会去幼儿园吗？"

"怎么不会？"爸爸耐心地解释起来，"在你睡觉的时候，他们会去幼儿园，会玩游戏、学画画、听伊列老师讲故事。然后他们会回家，第二天再继续去幼儿园。而你呢，只是不停地睡呀睡……"

"在我温暖的被窝里……"鲁蒂一边小声嘀咕，一边蜷成了一团。

"你就这么睡下去，一天又一天，"爸爸继续说道，"很快一年就过去了。趁你睡觉的时候，你的小伙伴们可都长大了。他们会上学，他们将学会看书和写字，他们会做作业，会考试，还会参加好多有趣的聚会和郊游……"

"我只管继续睡觉。"

"在你温暖的被窝里……"

"还有玩具小熊陪我呢。"鲁蒂提醒爸爸。

"没错。在你睡觉的时候，你的伙伴们会继续长大，会去国外旅行，"爸爸又说，"他们中的一部分人还会开始工作。"

"米奇一定会成为演员！"鲁蒂叫了起来，"埃雷兹嘛，想做个铁路工，至于罗特姆，应该会去一个音乐团体演奏。"

　　"而你会继续睡下去……"

　　"是呀，我会一直待在床上。"鲁蒂一边喃喃说道，一边惬意地伸了伸自己的脚指头。

　　"之后呢，你的伙伴们可能就会结婚。"爸爸继续说。

"米奇会嫁给约夫吧，"鲁蒂小声咕哝，"她很喜欢约夫。"

　　"那你呢？"爸爸问。

　　"我只管继续睡觉啊，然后做上好多好多的梦！"

　　"你连他们的婚礼都不想参加了吗？"

　　"也许在梦里我就可以参加呢。"鲁蒂一边回答，一边紧紧抱住了玩具小熊。

　　"然后呢？"爸爸问。

　　"然后他们就会有好多自己的孩子，"鲁蒂向爸爸解释了起来，"米奇说，她想生十个孩子。"

　　"那你呢？"

　　"我只管继续睡觉啊。"

"那你的伙伴们可能会来找你哦。"

"这倒有可能。也许他们会想我，然后问：'鲁蒂在哪里呢？'"

"没错，"爸爸表示同意，"大家都会来。他们会敲门，然后问：'那个和我们一起上幼儿园的小鲁蒂，到底去了哪里呢？'我和妈妈会告诉他们，说我俩有些担心，因为你不愿意起床。那么他们一定会来到你的床前……那个时候，他们一定已经很高大了，约夫长了胡子，没准还成了秃头……"

8

鲁蒂咯咯大笑了起来："米奇也会长大，会穿上大人的连衣裙，还踩着高跟鞋……"

"然后他们会告诉你，已经轮到他们的孩子去上幼儿园，听伊列老师讲故事了。"

"真的吗？"鲁蒂吃惊地问道。

"这可说不定哦。"爸爸回答。

鲁蒂思索了片刻，随后又问："那他们的孩子也会长大，然后工作、结婚吗？"

"是啊。"爸爸的回答证实了她的猜测。

这下鲁蒂终于钻出了被窝。她坐起身来，问道："那是不是只有我没长大，还是个在上幼儿园的小女孩呢？"

爸爸点了点头。

鲁蒂用手指在小熊的肚子上画了一圈又一圈，最后说道："那好像还是起床比较好。"

　　"我也这么觉得。"爸爸笑了，随后便去厨房为鲁蒂准备热巧克力。

　　鲁蒂下床穿好了衣服，听到爸爸好像在厨房里跟妈妈说着些什么。

她把小熊靠到枕头上，为它盖好被子，然后向它保证，到了中午自己就会回家，让它安心睡觉。

　　这时她忽然想到：爸爸和妈妈也曾经是孩子呀！也许曾经的某一天，他们也想过要赖床，不愿意去幼儿园呢！

　　她一下变得高兴起来，蹦蹦跳跳地跑进厨房，紧紧抱住了他们。

　　"幸好幸好！"她欢快地叫道，"幸好你们在小的时候，坚持起床去幼儿园了呢！"

约拿坦
是个大侦探

14

约拿坦的橙色拖鞋不见了。妈妈和爸爸到处找，可就是找不到。

"你把它们丢在哪里了？"他们问儿子，"你到底把拖鞋忘在哪里了？"

"我没有丢过它们，我也没有把它们忘在任何一个地方，"约拿坦回答，"是它们自己凭空消失的！"

接着不见的，是他的绿色茶杯。杯子上画着豪猪的图案，约拿坦总喜欢一边看着电视，一边拿着那只杯子喝热巧克力。

　　"也许你是把它忘在了外婆那里，"爸爸和妈妈喃喃说道，"又或者是遗落在了海边。"

　　"我没有把它忘在什么地方，也没有遗落！"约拿坦生气了，"是它自己凭空消失的！"

　　然后，他的玩具小熊布比又消失了。要知道，约拿坦最喜欢抱着布比窝在沙发上，啊，当然还有他的小狗，碧芭。

　　真是越来越奇怪了呢！

最后，居然连爸爸的眼镜和妈妈的紫色围巾也不见了踪影。

　　"也许你是把眼镜忘在了电影院，"约拿坦提醒爸爸，"而你，妈妈，可能是在去咖啡店喝咖啡的时候，把围巾遗落在了那里。"

　　"我们没有把它们忘在什么地方，也没有遗落！"爸爸妈妈异口同声地抗议道，"我们总是小心保管自己的东西！"

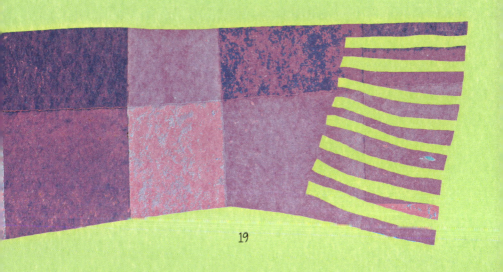

“那就说明，家里可能有小偷。”约拿坦觉得背脊一阵发凉。

　　“小偷？”妈妈大吃一惊，“你在胡说什么？谁会偷拖鞋、画着豪猪的杯子，还有用旧的围巾？”

　　“还有眼镜。”爸爸在一旁补充道。

"不过，"妈妈不得不承认，"家里真的不断有东西消失……"

　　"可恶的小偷，"约拿坦一边小声咕哝，一边只觉得心跳不断加速，"如果真有小偷，我一定会把他抓住！"

　　"好样的！"爸爸大加赞扬，"从今天起，你就是我们家的大侦探了！"

就这样，约拿坦开始了调查。他踮起脚尖，走过家里的角角落落，寻找着小偷可能会藏匿赃物的地方。碧芭呢，也跟在他身后，这里嗅嗅，那里闻闻。

在这期间，约拿坦找到了一把已经生锈的大钥匙、掉在柜子后头的旧锅盖、一根长长的蓝色羽毛，还有一只没了气的气球——也许是某次生日聚会后留下的。可是，他并没有找到那些失踪了的东西。

有时候，为了迷惑小偷，约拿坦还会穿上爸爸的外套，并戴上一顶大帽子。他不动声色地在房间里东寻西找，甚至还用上了一把放大镜。

　　可是，他只找到了一枚很久以前丢失的小哨子、一个被压扁的乒乓球、一双积满了灰尘的旧袜子、一片留在柜子底下的白煮蛋蛋壳（太奇怪了！），还有一条正要逃跑的小蜥蜴。除此之外，没有其他东西了。

与此同时，爸爸已经买好了新的眼镜，妈妈也买好了新的围巾。

　　约拿坦抱着碧芭蜷缩在沙发上，脑海里不停思索着同一个问题：小偷究竟会把赃物藏在哪里呢？一想到有人会在家里做坏事，他甚至都感到害怕起来。

　　这不，一天早晨，爸爸妈妈都还没来得及看，报纸又消失不见了。

　　"碧芭，"约拿坦对他的小狗叫道，"你快来帮我！"

可碧芭只是看了看自己的爪子。

"你必须帮我，"约拿坦坚持，"快点嘛！快拿出点侦探助手的样子来！"

碧芭呢，只是朝天花板看了看，随后就舔起了自己的嘴唇。

到了第二天，妈妈的红色毛披肩又不见了。妈妈看电视的时候，总爱裹着那条披肩。

"碧芭！"约拿坦生气了，"为什么不来帮我？你到底是什么狗啊？你就不能好好闻闻，帮我来一起找吗？"

　　碧芭垂下脑袋，连耳朵也耷拉了下来。

　　就在这时，约拿坦想到了一个办法——一个大侦探才会想到的办法。这个办法简直不可思议，害他差点尿湿在身上。幸好他忍住了。

30

只见他躺倒在沙发上，打了个大大的哈欠，然后高声说道："啊，真是累死了！！怎么会这么困！我得睡一会儿才行……"说着说着，他便闭上双眼，开始了等待。

　　等啊等。

　　等啊等。

　　终于有动静了！只听小碧芭跳下沙发，凑到了茶几上的电视机开关前。这时，约拿坦睁开一只眼，看见小狗正把开关衔到嘴里，然后离开了房间。

　　约拿坦一动不动，只是看着碧芭朝走廊的方向跑去。直到这时，他才站起身，踮着脚跟在了小狗的后头。因为激动，他的双眼不禁放出了光芒。

碧芭始终叼着开关。它跑下楼梯，又穿过花园，而约拿坦呢，也一直悄悄跟踪着它。他不知道碧芭是不是发现了自己，因为它连一次也没有转身过。

　　突然，碧芭嗖地钻进了篱笆丛，就是邻居花园附近的篱笆丛！只是一眨眼的工夫，它就消失不见了。

　　约拿坦的脑筋也跟着飞速运转了起来：究竟要不要追上它呢？那里到底有些什么呢？说不定会很危险呢！他深深吸了口气，还是决定去篱笆丛一探究竟。

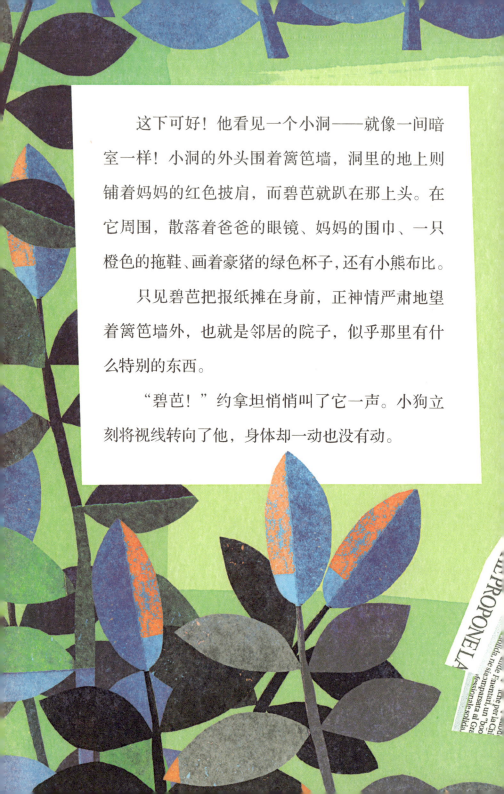

　　这下可好！他看见一个小洞——就像一间暗室一样！小洞的外头围着篱笆墙，洞里的地上则铺着妈妈的红色披肩，而碧芭就趴在那上头。在它周围，散落着爸爸的眼镜、妈妈的围巾、一只橙色的拖鞋、画着豪猪的绿色杯子，还有小熊布比。

　　只见碧芭把报纸摊在身前，正神情严肃地望着篱笆墙外，也就是邻居的院子，似乎那里有什么特别的东西。

　　"碧芭！"约拿坦悄悄叫了它一声。小狗立刻将视线转向了他，身体却一动也没有动。

　　"为什么呀，碧芭？"他问道，"你要这些东西，究竟是做什么呀？"

　　碧芭只是用热切的目光注视着约拿坦，仿佛是在恳求他的理解。

　　就在这时，约拿坦看见了另一个景象：篱笆的后头，在邻居院子的草地上，坐落着一个巨大的金属笼子，看起来崭新崭新的。里面有三只兔子：兔爸爸、兔妈妈，还有它们的小幼崽。

碧芭趴在毯子上，正看着它们玩耍，约拿坦则坐到它身边，和它一起看了起来。

　　只见三只兔子蹦蹦跳跳，互相追逐嬉闹，还不时停下，互相磨蹭鼻子。

　　碧芭用牙齿把妈妈的披肩挪到了爪子上，然后把头枕在了布比小熊的肚子上。

　　"碧芭！"约拿坦一把将它抱了起来，"你是给自己造了个小房子，对不对？就像我和爸爸妈妈住的房子。"

　　碧芭注视着约拿坦的双眼，直摇起尾巴来。

　　"所以，那三只兔子的笼子就是你的电视机了，对不对？"约拿坦又问。只见机灵的小狗腾地跳立起来，还欢快地舔起他的鼻子，仿佛在说："你真是太聪明啦！约拿坦！你可真是个大侦探！"

谁要面粉哟?

每天晚上睡觉前，约拿坦都会骑在爸爸的肩膀上，然后和他在房子里散步。每当这时，爸爸都会大声吆喝："卖面粉喽，卖面粉喽，谁要面粉哟？"

这天，妈妈的拖鞋从床底下冒了出来。爸爸悄悄凑了上去，小声问道："美丽的拖鞋，害羞的拖鞋，请问，你们要面粉吗？"

"不行，不行！"约拿坦笑着拉了拉爸爸的耳朵。于是爸爸往后跳了一步，对拖鞋说道："不行，我不能给你们！我不能把面粉卖给你们！"

　　"那现在你去问问钢琴，"约拿坦又笑了，"驾！亲爱的小马，快去问它！"

　　"尊敬的钢琴，伟大的钢琴，"爸爸一边向它招呼，一边用手指有节奏地敲击着键盘，"旋律丰富的钢琴，可也是积满了灰尘的钢琴，请问，你要面粉吗？"

　　"快走开，钢琴！"约拿坦尖叫起来，"不要给它，爸爸，不要把面粉给它！"

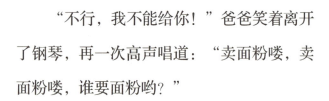

"不行，我不能给你！"爸爸笑着离开了钢琴，再一次高声唱道："卖面粉喽，卖面粉喽，谁要面粉哟？"

约拿坦在爸爸的肩膀上一颠一颠，心想，接下来又会发生什么呢。他们很快就要来到走廊了。那里铺着一张地毯，上面画着可怕的图案。今天，爸爸会不会不小心把面粉卖给它呢？

44

"还要继续吗？"爸爸问道，"你累不累？"

　　"继续嘛，继续嘛！"约拿坦大叫，"快去找雨伞！"

　　爸爸的雨伞就挂在衣帽架上。爸爸踮起脚，悄悄靠了过去："深色的雨伞，黑暗的雨伞，请问，你要面粉吗？"

什么声音也没有。约拿坦只觉得心脏怦怦乱跳，不禁抓紧了爸爸。看见雨伞不作答，约拿坦便小声说道："爸爸，把它打开试试。"

"你不害怕吗？"爸爸问。

"你慢慢打开它。"

就这样，爸爸打开了雨伞。这时……

约拿坦一边大叫，一边咯咯大笑了起来。

"不行，雨伞，不行，我不能把面粉卖给你。"爸爸也笑了。

约拿坦和爸爸又在房子里转悠了好一会儿，他们问了玩具，问了桌子，还有袜子、自来水管，甚至还问了奶酪擦、番茄和咖啡壶。可是最后，父子俩的回答都是同一个："不，不行，我们不能把面粉卖给你。"

　　不知不觉中，约拿坦发现，他们就要来到走廊——就是铺着大象地毯的走廊。他不由得一阵哆嗦，用双手牢牢抱住了爸爸，甚至连双脚也变得紧张起来，虽然他知道，爸爸是不会把面粉卖给地毯上那头奇怪大象的。不，不，爸爸决不会卖给它。

"可怕的大象，调皮的大象，"爸爸的声音变得格外低沉，约拿坦觉得好像是有人在他肚皮上挠痒，"有四条胳膊却只有一条长牙的大象，请问，是你想要面粉吗？"

约拿坦先是屏住呼吸，随后又在爸爸的脖子上喘起了粗气，大声喊道："不要，不要，它不要面粉，它不要面粉！"

他又在爸爸的耳边悄悄说道："快，我们快逃！"

可是爸爸一动不动。他难道不知道这头大象有多危险吗？居然还用礼貌又客气的声音向它提问："真的不要吗？我觉得你一定愿意花上一大笔钱买下这袋面粉的，因为它是这样可爱、这样活泼、这样美味，对不对？"

约拿坦觉得自己仿佛被好多根刺扎着似的，心脏怦怦乱跳，肚子咕咕作响。他的双脚不由得在爸爸身上乱踢乱蹬，因为他觉得，大象就要用鼻子把他给拖进地毯了……

　　就在这千钧一发之际，爸爸往后跳了一步，还挥舞起双臂，扭动起双腿，对大象唱道："不不不，我是不会给你的。这袋面粉是非卖品，它只属于我们，只属于我们！"

这时，妈妈从书房里走了出来。她摘下眼镜，问他们怎么这样吵闹。爸爸立刻朝她迎面跑了过去，在她面前跪下——就像一匹高贵的骏马，还发出了马儿一般的嘶鸣声："美丽的妈妈，温柔的妈妈，今天轮到你把约拿坦哄上床睡觉的妈妈，请问，你愿意买下这袋面粉吗？"

　　妈妈露出了微笑："这么可爱的面粉呀？我当然愿意啦！"

"你同意吗？"爸爸问约拿坦，"我们卖给她怎么样？"

约拿坦已经乐开了花："嗯！嗯！卖给她，卖给她！"他尖叫了起来。

"那好吧，"爸爸表示同意，"不过价格嘛，是给我们每人两个吻。"

爸爸收到了两个吻。那袋面粉也同样收到了两个吻，然后钻进了妈妈的怀抱。

"明天我们还继续，对不对，爸爸？"约拿坦问。

"当然啦，"爸爸让他放心，"一直继续下去，后天，大后天，直到我还背得动你的那一天……"

"哪天你背不动我了，就让我来背你，你来做面粉。"约拿坦一边笑着说道，一边在妈妈的怀里蜷成了一团。妈妈抱他上床，他就不用踩在地毯上啦。

　　约拿坦真是太高兴了，因为世界上有那么多的人，还有拖鞋、钢琴、雨伞、奶酪擦、可怕的大象，等等，可最后，还是妈妈把他给"买"了下来。

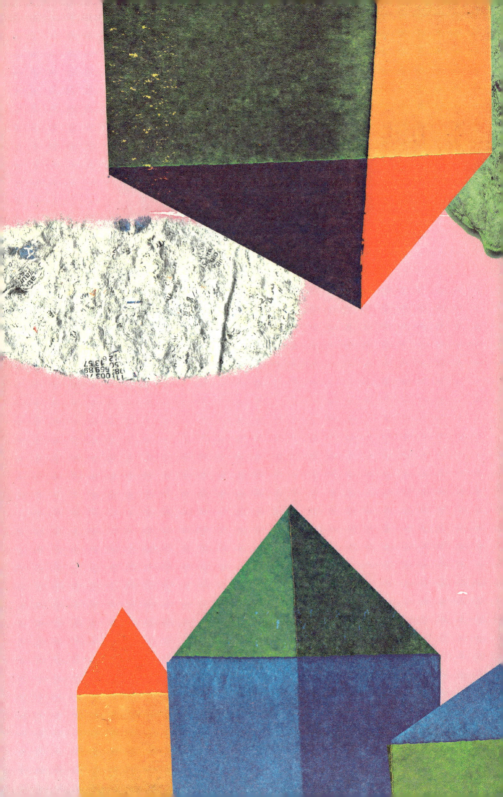

瑞琪儿有一个要好的伙伴，名叫丽莉。在这个世界上，没有人能看见丽莉，除了瑞琪儿。在这个世界上，也没有人能听见丽莉说话，除了瑞琪儿。

　　每天晚上，瑞琪儿都会和爸爸妈妈享用美味的晚餐。晚饭后，妈妈端上了水果甜羹。可是瑞琪儿急了："你忘了丽莉的那一碗。她可喜欢吃水果甜羹啦！"

　　于是，妈妈又拿了个小勺和小碗，给丽莉也盛上了水果甜羹。瑞琪儿尝了一口，然后把自己的水果甜羹分了一点给丽莉，因为，好朋友都是这么做的。终于，两个人都吃饱了。

晚饭后，爸爸去瑞琪儿的房间，向她亲吻道晚安。瑞琪儿告诉爸爸，丽莉害怕天黑，所以呢，她就给丽莉在枕头下放了个布娃娃。那个布娃娃具有神奇的魔力，现在丽莉再也不感到害怕了。

爸爸瞥了一眼枕头，看见下面真的躺着一个拥有魔力的布娃娃。

"谁有你这样的朋友，真是幸运，瑞琪儿。"爸爸对她说。

"谁让我是丽莉最好的朋友呢！"瑞琪儿回答。

当爸爸、妈妈和瑞琪儿一起去海边的时候，他们总会带上两个救生圈：一个给瑞琪儿，一个给丽莉。

瑞琪儿会给丽莉抹上防晒霜。"她的皮肤可娇嫩了，"她向爸爸妈妈解释，"现在我要给你的鼻子也抹上一点，丽莉，"她又说，"现在你转过来，我要涂你的背了。"

他们四个一起游泳，一起嬉戏，一起大笑，还一同溅起了好多的水花。直到丽莉觉得累了，他们才回到岸上，擦干身体。爸爸为妈妈擦，妈妈为瑞琪儿擦，瑞琪儿呢，为丽莉擦。

然而，有一天晚上，当瑞琪儿上床睡觉的时候，一个奇怪的想法突然开始折磨起她来。通常，在入睡以前，她的脑海里总会

闪过许许多多的想法，然后它们的速度会越来越慢，直到陪伴她进入梦乡。

可是这天晚上，瑞琪儿的思绪非但没有减缓，反而转得越来越快。各式各样的想法盘旋在她的脑海里：有些很温顺，很柔软，仿佛刚出生的小动物；有些呢，很冰冷，很坚硬，很沉重，就好像石头一样；还有一些呢，又像是噼里啪啦的烟火。

突然，瑞琪儿从床上坐起了身。她大声呼唤爸爸和妈妈，然后说道："我要去丽莉家跟她道晚安。"

"什么？"爸爸惊讶不已，"难道今天

晚上丽莉没和你睡在一起吗？"

"没有，"瑞琪儿回答，"从今天开始，丽莉会在她自己的家睡。可是她睡不着，因为她要我跟她道晚安。"

"那她家离这儿远吗？"爸爸又问。

"不远，就在附近。"瑞琪儿告诉他。

爸爸看了看妈妈，妈妈也看了看爸爸。经过一天的忙碌，两个人都已是筋疲力尽了。

"陪她去吧，不过可别勉强。"妈妈对爸爸说道。

就这样，爸爸穿上鞋，然后为瑞琪儿裹上外套，再把她塞进了蓝色的裤子，一起出了门。

外头漆黑一片。他们手牵着手，走上了街道。

"丽莉是住这儿吗？"爸爸指着家旁边的

一幢房子问。

"不，她不住在这儿。"瑞琪儿说。

父女俩继续往前走。他们边走边抬头，只见一轮明月已高高挂起在夜空中，在云层中若隐若现。

"也许丽莉是住在这幢大楼里？"爸爸打着哈欠问道。（因为打哈欠的缘故，他的话也变成了：也虎依依是乌在贺晃哈楼里？）

"不是，"瑞琪儿再次回答，"她原来是

住在这里，可是有条狗总对她乱叫，所以她就搬去了别的地方。"

　　"你不冷吗？"

　　"不冷，"瑞琪儿说，"我很好。"

　　这时，一个男人和一个女人向他们迎面走了过来。因为工作的关系，他们认识爸爸。他们问他，这么晚了，是要和瑞琪儿去哪里。

　　爸爸告诉他们，说瑞琪儿要去跟丽莉道晚安。"是在邮局工作的丽莉·泰斯勒吗？"女人问。

　　"不是，"瑞琪儿回答，"是我的小伙伴

丽莉。"

"是的，就是那个丽莉，瑞琪儿的小伙伴。"爸爸又重复了一遍。

"那我就不认识了。"女人说。

"只有我认识她。"瑞琪儿向她解释。

瑞琪儿和爸爸又继续往前走了起来。街道静悄悄的，偶尔才会有一辆车、一个人或是一只猫咪经过。瑞琪儿和爸爸就这样不停地走啊走，走啊走。

每到一幢房子前，爸爸都会问："丽莉是住在这儿吗？"

每次瑞琪儿都会打量一番那幢房子，然后回答："不，不是这儿。"

　　又或者，她会说："丽莉原来是住在这里，可是这里有一股味道，丽莉不喜欢，所以就搬走了。"

　　他们继续走啊走，走啊走。

　　突然，瑞琪儿停下脚步，指着一幢房子大喊："找到啦！她就住在这里！"

　　爸爸看了看房子：它不高也不矮，有几扇窗户，还有一座小花园。"你确定吗？"他问。

　　"确定！"瑞琪儿回答，"她就住在这里，住在二楼。"

　　"你觉得我们要进去吗？"

　　瑞琪儿思索了片刻，然后说道："不了，没这个必要。丽莉已经睡觉了，我不想打扰她。"

　　"那我们该怎么办呢？"

"就跟她道一声晚安吧。"

　　瑞琪儿闭上双眼,小声说道:"晚安,丽莉。"

　　"爸爸,你也跟她道晚安。"听到瑞琪儿的话,爸爸便也喃喃说道:"晚安,丽莉。祝你睡个好觉,做一个好梦。"

　　"现在我们可以回家了,"瑞琪儿宣布,"把我抱起来好不好?"

　　就这样,爸爸将她抱起在怀里。没几步的工夫,瑞琪儿就睡着了。到家时,爸爸发现,瑞琪儿把一只鞋落在了街上。

　　也许明天去幼儿园的路上,他们会找到它的。

大作家 小童书

著作权合同登记号 图字01-2020-4320

RUTI VUOLE DORMIRE
Copyright ©2004, 2010 David Grossman
Published by agreement with The Deborah Harris Agency, through The Grayhawk Agency.
©2011 Mondadori Libri S.p.A.,Milano for the cover and the interior graphic layout
Cover and interior illustrations:Giulia Orecchia

图书在版编目（ＣＩＰ）数据

鲁蒂想赖床 / (以) 大卫·格罗斯曼著 ; 陆辛耕译.
—北京：人民文学出版社，2021
　　（大作家小童书）
　　ISBN 978-7-02-013421-2

　　Ⅰ.①鲁… Ⅱ.①大… ②陆… Ⅲ.①儿童故事 – 作品集 – 以色列 – 现代 Ⅳ.①I382.85

中国版本图书馆CIP数据核字(2017)第251091号

责任编辑　卜艳冰 汤 淼
装帧设计　李 佳

出版发行　人民文学出版社
社　　址　北京市朝内大街166号
邮政编码　100705
网　　址　http://www.rw-cn.com
印　　制　山东新华印务有限公司
经　　销　全国新华书店等
字　　数　40千字
开　　本　890毫米×1240毫米 32开
印　　张　2.625
版　　次　2021年4月北京第1版
印　　次　2021年4月第1次印刷
书　　号　978-7-02-013421-2
定　　价　38.00元

如有印装质量问题，请与本社图书销售中心调换。电话：010-65233595